Anja Hagge

Düddel,
der Hund meiner Mutter

Autobiografie

Impressum

Bibliografische Information der Deutschen Nationalbibliothek:
Die Deutsche Nationalbibliothek verzeichnet diese
Publikation in der Deutschen Nationalbibliografie; detaillierte
bibliografische Daten sind im Internet über http://dnb.dnb.de
abrufbar.

.

© 2024 Anja Hagge

Cover Gestaltung: Kiara-Louisa Hanke

Verlag: BoD · Books on Demand GmbH, In de Tarpen 42,
22848 Norderstedt

Druck: Libri Plureos GmbH, Friedensallee 273, 22763
Hamburg

ISBN: 978-3-7693-0295-0

Meine Mutter rief mich eines Tages an und
verkündete stolz: „Ich habe wieder einen Hund!"
„Einen ganz süßen", fügte sie dann hinzu,
„vermutlich eine Mischung aus Dackel und
Pinscher." Und ich solle ganz bald vorbeikommen
und ihn ansehen. „Das ging aber schnell," meinte
ich erstaunt.

Sie war gerade erst nach einer sehr stressigen Zeit
wieder hier hoch in den Norden gezogen. Nervlich
ziemlich am Ende, ihren 80. Geburtstag hatte sie
erst hinter sich gebracht.

Dass sie sich wieder einen Hund holen würde, lag
auf der Hand.

Ich kann mich an keine Zeit in meinem Leben
erinnern, in der wir ohne Hund waren. Meine
Eltern hatten früher Schäferhunde gezüchtet und
mein Vater war viele Jahre Ausbilder für den
Schutzhundedienst. Nach seinem Tod hatten wir
dann immer ein „Findelkind". Irgendeine
Mischung, die irgendwo über war. Die letzten
beiden Hunde meiner Mutter waren kurz vor ihrem
Umzug eingeschläfert worden, beide waren sehr alt
und sehr krank. Danach hatte sie einen
Pflegehund, und eigentlich wollte sie aufgrund
ihres Alters keinen eigenen Hund mehr haben....

Am darauffolgenden Wochenende fuhr ich dann zu
ihr, wir hatten uns zum Kaffee verabredet, meine
jüngere Schwester Silka wollte auch kommen.
Als ich an der Tür klingelte, wurde ich von einem
wütenden Gekläffe empfangen. Ich versuchte den
kleinen Hund zu beruhigen: ist ja gut, ich darf hier
rein, alles gut...und was man sonst noch so sagt,

um einen wütenden Hund zu besänftigen. Erst als meine Mutter meinte: „Komm man her mein Junge," sprang er auf das Sofa und verkrümelte sich auf ihren Schoß. Niedlicher Kerl, dachte ich ironisch, behielt es aber für mich. „Ist er nicht ein süßer Bursche?", fragte meine Mutter, und dieser kleine Hund sah mich an. „Ja, er sieht echt niedlich aus, wie heißt er denn?" „Düddel," meinte sie, „sie nenne ihn Düddel." „Einen Namen hatte er nicht, und Düddel passte," meinte sie. Keine Ahnung, wie sie auf den Namen gekommen war. Meine Tante meinte später, er solle Jonas heißen, aber sie blieb die einzige, die ihn Jonas rief. Für alle anderen war er immer nur Düddel.

Meine Schwester, die wenig später eintraf, wurde ebenso „freundlich" begrüßt. Wir zogen es vor, erst einmal in die Küche zu gehen und Kaffee aufzugießen. Wir deckten den Tisch und setzten uns. Meine Mutter - und Düddel -, saßen auf dem Dreiersofa, meine Schwester auf den Zweiersofa gegenüber und ich auf dem Sessel. Als wir Kaffee eingeschenkt hatten und der Kuchen auf den Tellern lag, sprang Düddel vom Sofa und stellte sich vor meinen Sessel. Ich wollte ihn gerade freundlich ansprechen, da sprang er mit einem Satz zu mir auf den Sessel und knurrte mich an. Meine Reaktion war entsprechend: ich fauchte ihn an, ob er noch ganz richtig tickt! Das hier wäre mein Platz, und er solle sehen, dass er wieder runterkomme. Aber nichts da, sein Knurren wurde lauter und bedrohlicher, und schöne weiße Zähne hatte er auch, dieser süße kleine Hund.

Meine Mutter lachte; „Düddel, musst du doch nicht," meinte sie besänftigend, aber von Düddel kam keine Reaktion. Ich schubste ihn dann kurzerhand vom Sessel, im Glauben jetzt gesiegt zu haben. Er versuchte es dann bei meiner Schwester, aber dort war mehr Platz und sie ignorierte ihn. Das schien ihm wohl zu langweilig, jedenfalls war er in wenigen Minuten wieder vor meinem Sessel. Wag es nicht, grollte ich ihn an, und schwupp stand er wieder neben mir auf dem Sessel und zeigte seine blitzblanken Zähne. „Da hast du dir ja einen ganz süßen Kerl ins Haus geholt," schimpfte ich und sah meine Mutter nicht ganz ohne Vorwurf an.

Tja und dann erzählte sie, dass sie den kleinen Hund vom Tierschutz hätte, aus Polen, aus der Todeszelle, und vermittelt war er auch schon einmal, wurde aber wieder zurückgegeben, weil er gebissen hatte. Und er habe viel Charakter, und sie wolle ihn gar nicht anders haben, und überhaupt hätte sie nie Probleme mit Hunden gehabt, und bei ihr wäre er ja auch ganz lieb.

Um den Hund nicht noch böser zu machen, pustete ich ihn kurz an, worauf er sofort den Sessel verließ und zu meiner Mutter auf den Schoß kroch, um seinen Kopf an ihren Hals zu legen. „Guck mal, was für einen lieben Hund ich habe und so ein Schmuser." Düddel blinzelte zu mir herüber, und ich hatte das Gefühl, dass er ganz genau wusste, war er tat. Eigentlich sah er auch wirklich süß aus, klein, hellbraun, mit einem Stehohr und einem Knickohr.

Er versuchte noch einige Male, mich von meinem
Sessel zu vertreiben, aber ein kurzes Pusten
reichte, um ihn in seine Schranken zu weisen.
Tja, das war meine erste Begegnung mit Düddel.

Als ich meine Mutter das nächste Mal besuchte,
war ich schlauer. Zumindest dachte ich das, denn
ich nahm Leckerli für Düddel mit. Als er mich an
der Tür wieder wütend begrüßte, gab ich ihm
einen Leckerli und siehe da, er trollte sich
zufrieden auf das Sofa neben meine Mutter.
Als wir Kaffee trinken wollten, nahm ich auf dem
Zweiersofa Platz, ich wollte ihm den Sessel
überlassen. Aber Pustekuchen, Düddel
beanspruchte den Sofaplatz. Ich pustete ihn
wieder vom Sofa runter, ging kurz in die Küche,
nur so zum Schein, um mich dann in den Sessel
zu setzen. Stressvermeidung nennt sich so etwas
wohl. Wenn ich jetzt aber dachte, dass Düddel sich
auf das Zweiersofa legen würde, weit gefehlt. Nun,
da ich auf dem Sessel saß, beanspruchte er den
Sessel für sich. Also doch wieder pusten.

Meine Mutter erzählte so nebenbei, dass er das
auch machen würde, wenn sie nachts kurz das
Bett verlassen müsse. Sie würde das aber
ignorieren, er meine es ja nicht böse, fügte sie
hinzu, und sonst ist er ja so ein lieber Kerl. Ja,
und das schien er tatsächlich. Bei ihr saß er auf
dem Schoß, kuschelte sich an sie und sie teilte
alles mit ihm. Ihr Frühstück, ihr Mittagessen und
ihren Kuchen. „Mutti, du kannst ihm doch keinen
Kuchen geben," versuchte ich mehrfach an ihre

Vernunft zu appellieren. Früher war sie es, die uns Kindern immer erklärte, wie gefährlich es wäre, Hunden Kuchen oder andere Süßigkeiten zu geben. Aber bei Düddel war alles anders. Er durfte scheinbar alles. Und das tat er dann auch.

Er schlief nachts bei ihr im Bett und sie erzählte mit leuchtenden Augen, dass er seine Schlafdecke, die tagsüber auf dem Sofa lag, abends mit ins Bett schleppen würde. Und seine Spielsachen müssten alle mit und ab und an würde er sich für die Nacht noch etwas von seinem Trockenfutter mitnehmen. Ich konnte es nicht fassen, was hatte dieser Hund an sich, was ich nicht hatte? „So hättest du uns mal erziehen sollen", meinte ich einmal zu ihr. Sie war immer sehr streng mit uns Kindern und ließ uns kaum Freiräume. „Du bist ja auch kein Hund", war kurz und knapp ihre Antwort. Nein, ich war kein Hund, aber wir hatten immer Hunde, und mit so einer bedingungslosen Liebe hing sie noch nie an einem Hund. Und Düddel war mehr als „nur" ihr Hund. Er war ihr Lebensinhalt, alles wofür sie lebte. Sie erzählte, dass sie den Düddel, aufgrund ihres Alters, nur als Pflegehund bekommen hatte. Wenn sie ihn aus Krankheitsgründen nicht mehr halten könne, müsse er zurück an den Tierschutz. Das sollte er auf keinen Fall. Und überhaupt war sie so fertig gewesen damals, und ohne ihren Düddel würde sie jetzt vermutlich gar nicht mehr leben.

Bevor ich an diesem Nachmittag wieder fuhr, wollte ich mit Düddel eine Runde Gassigehen. So der Plan. Es regnete draußen, und ich dachte ich

könne es meiner Mutter ersparen, im Regen nach
draußen zu gehen. „Düddel mag keinen Regen, ich
lasse ihn später auf die Terrasse," meinte sie.
Blödsinn, dachte ich, er wird schon gehen. Er kam
auch mit, genau bis vor die Haustür. Er hob das
Bein an dem Busch, der noch so halbwegs unter
dem Vordach stand und bewegte sich dann keinen
Zentimeter weiter. Alles Locken und Zureden
wurden mit einem Knurren beantwortet.
Als ich 3 Minuten später wieder in der Wohnung
stand, griente meine Mutter schadenfroh.
Nein, Düddel mag im Regen nicht raus. Kein
Blödsinn.

Unsere Beziehung blieb schwierig. Wann immer
ich meine Mutter besuchte, zeigte Düddel mir,
dass er hier die Hosen anhatte. Irgendwann gab er
es zwar auf, mich von meinem Platz vertreiben zu
wollen und freute sich sogar, wenn ich kam. Sein
Kläffen klang gar nicht mehr böse sondern freudig.
Ich hatte mir angewöhnt, sofort mit ihm eine
kleine Runde zu gehen. Meine Mutter war ja nicht
mehr so gut zu Fuß, und so konnte er eine
Extrarunde drehen. Aber, egal wohin ich wollte,
Düddel wollte einen anderen Weg. Er lief ohne
Leine, blieb brav auf dem Bürgersteig und hörte
eigentlich auch gut. Eigentlich, denn er bestimmte
den Weg.
Wollte ich rechts um den Häuserblock, bog er links
ab. Dachte ich beim nächsten Mal ich wäre schlau
und gehe gleich links, bog er rechts ab. Und so
machte er es jedes Mal. Ich gab irgendwann auf.
Wir einigten uns einfach darauf, dass er den Weg

bestimmte und ich ihn lediglich begleiten würde.
Düddel war glücklich, und ich sagte mir einfach,
er hat viel Charakter, dieser kleine Hund, und
eigentlich hätte ich ihm ja auch gar nichts zu
sagen. Und vielleicht, dachte ich, werden wir ja
sogar noch Freunde. Irgendwann....

Düddel war schnell in der ganzen Siedlung
bekannt. Wann immer ich mit ihm eine Runde
drehte, wurden wir von den Anwohnern
angesprochen. Und dieser kleine Hund zeigte sich
überaus freundlich. Er begrüßte die Menschen mit
einer Selbstverständlichkeit, die mich erstaunte.
Selbst zu den Kindern lief er hin und ließ sich
bereitwillig kraulen. Vielleicht war es doch keine so
schlechte Entscheidung, das meine Mutter gerade
diesen Hund genommen hatte. Sie schien
jedenfalls in der ganzen Siedlung bekannt zu sein,
denn ich sollte ständig liebe Grüße an die Mutti
ausrichten.
Wenn das Wetter besonders schön war, nahm ich
meine Hündin ab und an mit. Mit ihr an meiner
Seite war Düddel dann auch bereit, mal einen Weg
zu gehen, den ich gehen wollte. So kamen wir
dann auch in den Genuss, auch mal am Strand zu
laufen, und es schien ihm zu gefallen.
Einige Jahre ging es gut, meine Mutter war für ihr
Alter noch relativ fit. Lange Spaziergänge konnte
sie natürlich nicht mehr machen, aber eine halbe
Stunde mehrmals am Tag war sie immer
unterwegs.
Und dann kam der Winter mit Schnee.

Meine Schwester rief mich nachmittags an: „
Mutti liegt im Krankenhaus. Düddel ist erst einmal
bei mir." Sie war gestürzt und hatte sich die
Schulter zertrümmert.
Ein paar Tage später erfuhr ich die ganze
Geschichte.

Sie war mit dem Hund draußen und war schon
fast wieder vor dem Haus, als sie auf dem glatten
Weg ausrutschte. Der Weg war eingesäumt mit
großen Steinen und genau darauf war sie mit der
Schulter gefallen. Sie war wohl auch kurz
bewusstlos, erzählte sie, und aufstehen konnte sie
nicht. Sie lag im Schnee, einige Meter vor dem
Haus. Düddel war weggelaufen, sie hatte mehrfach
nach ihm gerufen, aber er kam nicht. Sie wusste
nicht mehr, wie lange sie dort gelegen hatte, aber
plötzlich war der Hund wieder da, und mit ihm
ihre Nachbarin. Düddel war, so erzählte sie, an
ihrer Terrassentür gewesen und hatte einen
riesigen Krach gemacht. So wie der Hund sich
benahm, musste etwas passiert sein. Also lief sie
gleich raus, dem Hund hinterher, und fand meine
Mutter dort im Schnee. Sie und ihr Mann brachten
meine Mutter dann erst einmal ins Haus.
Als der Notarztwagen kam, mussten sie Düddel mit
Gewalt ins Badezimmer sperren. Es war wohl nicht
möglich, an meine Mutter heranzukommen, weil er
sich aufführte als hätte er die Tollwut.

Düddel blieb die nächsten Wochen bei meiner
Schwester. Sie hatte auch einen Hund, und so

hatte Düddel jemanden zum Spielen und war
etwas abgelenkt,... dachten wir. Und sein
Verhältnis zu meiner jüngeren Schwester war
besser als zu mir.

Aber eben nur zu meiner Schwester. Sie hatte aber
auch noch einen Ehemann, dem Düddel recht bald
den Krieg erklärte. Düddel strafte ihn nicht nur
mit Nichtachtung, er begann alles, was ihrem
Mann gehörte, anzupinkeln. Seine Schuhe, seine
Arbeitstasche, alles was ihm gehörte, wurde
angepinkelt. Selbst vor dem Stuhl auf dem er
immer saß, machte er keinen halt. Düddel stellte
es so geschickt an, dass er ganz schnell im
Vorbeigehen mal eben das Bein hob. Auf frischer
Tat ertappen ließ er sich dabei nicht.
Silka hatte nach drei Wochen die Faxen dicke und
ließ ihn, nach Absprache mit unserer Mutter,
kastrieren. Sie war der Meinung, es würde an der
Hündin liegen, und Düddel würde nur sein Revier
markieren. Das war wohl auch nicht ganz falsch
gedacht, nur war die Hündin nicht sein Problem....

Der Haussegen bei meiner Schwester hing bald
gewaltig schief wegen dem "Mistvieh", wie ihr
Mann sich ausdrückte. Als meine Mutter entlassen
wurde, brachte meine Schwester Düddel so bald es
ging wieder zu ihr. Sie war inzwischen 86 Jahre alt
und der lange Aufenthalt im Krankenhaus hatte
sie viel Kraft gekostet. Sie hatte plötzlich Angst,
nach draußen zu gehen, weil sie fürchtete, sie
könne wieder fallen. Mit einem Rollator wollte sie
anfangs nicht gehen, und zudem tat ihr die
Schulter zu sehr weh. Sie hatte seit Jahren schon

Osteoporose und die Schrauben, die ihr eingesetzt
wurden, fanden kaum Halt.

Es fand sich dann ein netter Junge, der Düddel
nach der Schule abholte und mit ihm Gassi ging.
Und wir Schwestern und unsere Tante wechselten
uns ab mit den Besuchen.

So konnten wir die Sorge meiner Mutter, dass sie
ihren Düddel abgeben müsse, entkräften.

2 Jahre ging das so einigermaßen gut. Düddel war
völlig auf meine Mutter fixiert, wenn der Arzt kam,
musste sie ihn vorher ins Schlafzimmer
bringen.Ihr Arzt hatte zu viel Angst vor Düddel.

Die Pflegerinnen, die inzwischen kamen um beim
Waschen und Anziehen zu helfen, ließ er an meine
Mutter heran, behielt sie aber immer ganz genau
im Auge.

Sie machte sich aber immer öfter Sorgen um ihren
Düddel. Er sollte auf keinen Fall zurück in den
Tierschutz, aber wenn sie mal nicht mehr ist, was
dann?

Ja, was dann? Meine Antwort war immer die
gleiche: „Du musst eben noch mindestens 10
Jahre leben, Mutti, ganz einfach."

Sie war 88 Jahre, als meine ältere Schwester
anrief. „Mutti ist im Krankenhaus, Verdacht auf
einen Hinterwandinfakt." Sie war in der Wohnung
geblieben, ob ich Düddel holen könnte.

Ich holte Düddel zu mir, ausgerechnet zu mir.

In der kommenden Nacht klingelte mein Telefon.
Die Uniklinik teilte mir kurzerhand mit, dass sich
der Verdacht des Hinterwandinfaktes nicht
bestätigt hatte. Eine Ader im Bauchraum war
gerissen, sie hätten meine Mutter operieren wollen,
aber sie wollte nicht. Ob sie diese Nacht überleben
würde, könne er nicht sagen.
Ich fuhr am nächsten Tag zu ihr. Ihre erste Frage
war wie es ihrem Düddel ging.
Ihre Adern waren dünn wie Pergamentpapier. Ihr
Bruder war vor einigen Jahren an einem
Aneurysma gestorben. Die Ärzte wollten operieren,
sie lehnte ab, und ich konnte es gut verstehen.

Ich war inzwischen umgezogen. Ein Freund von
mir hatte einen kleinen Hof mit 2 Wohneinheiten
gekauft. Dort wohnte ich inzwischen und betreute
seine Pferde. Er selbst wohnte in Dänemark. Ich
hatte schon mit ihm gesprochen, er würde die 2.
Wohnung so schnell wie möglich renovieren, damit
meine Mutter zu mir ziehen konnte. Das sagte ich
ihr an diesem Tag. „Düddel ist bei mir, Mutti, und
wenn du möchtest, kommst du auch zu mir. Eine
eigene Wohnung gleich neben mir, dann bist du
nicht allein und kannst deinen Düddel behalten."
Sie war erleichtert.

In der Nacht wurde sie ins „Sterbezimmer"
gebracht. Die Ärzte machten uns keine Hoffnung.
Ein paar Tage später kam sie aber auf eigenen
Wunsch nach Hause.

Die Wohnung bei mir war noch nicht ganz fertig,
sie musste noch etwas "aushalten" und für kurze
Zeit noch in ihrer Wohnung bleiben. Meine ältere
Schwester kümmerte sich in dieser Zeit um sie.
Düddel blieb aber bei mir und es schien als fühle
er sich wohl.

Als meine Mutter dann neben mir einzog, war
Düddels Glück vollkommen. Er hatte hier auf dem
Hof seine "goldene Freiheit" und sein geliebtes
Frauchen bei sich. Er konnte wieder mir ihr
gemeinsam Frühstücken und im Bett schlafen.
Meiner Mutter tat es sichtlich gut. Sie hatte stark
abgebaut, hatte kaum noch Kraft. Die
Physiotherapeutin kam regelmäßig, und bald war
sie wieder soweit fit, dass sie zur Koppel gehen
konnte, um sich die Fohlen anzusehen. Düddel
war dabei immer an ihrer Seite. Und er mochte die
Therapeutin. Sogar die Pflegerinnen, die morgens
kamen, mochte er. Überhaupt war er ein total
lieber kleiner Kerl in dieser Zeit.
Ich durfte ihn nur nicht auf den Arm nehmen,
aber das war zum Glück auch nicht notwendig. Er
hörte auf Zuruf und benahm sich mir gegenüber
vorbildlich.
Der Arzt rief bei mir immer kurz vor seinem
Erscheinen an, so konnte ich rübergehen und
Düddel abholen zum Spaziergang. Anders war es
nicht möglich, bei meiner Mutter auch nur den
Blutdruck zu messen. Düddel mochte keine Ärzte,
er hatte wohl Angst, sie würden meine Mutter
wieder fortbringen. Ich war mir auch sicher, dass
er zubeißen würde, wenn sie meine Mutter

anfassen würden. So aber kamen wir gar nicht
erst in diese Situation.
Alles nur eine Frage der guten Planung.

Einige Male brachte meine Mutter das Gespräch
auf Düddel. Inzwischen war aber klar, dass er hier
bleiben würde. Er fühlte sich hier wohl, verstand
sich gut mit meinen beiden Hündinnen und
solange ich nichts von ihm wollte, benahm er sich
ja tadellos. Nur mussten seine Krallen mal wieder
gekürzt werden. Extra deswegen zum Tierarzt zu
fahren fand ich etwas viel Aufwand. Immerhin
mussten wir gute 20 km fahren, und das allein
war schon anstrengend mit Düddel. Er konnte es
nicht leiden, und ich hätte ihn ins Auto tragen
müssen. Meine jüngere Schwester hatte von
Anfang an ein besseres Händchen für ihn. Sie
durfte ihn auch ohne Murren auf den Arm
nehmen. Wenn ich nur den Gedanken daran hatte,
knurrte er schon. Also übernahm ich den Part des
Schneidens, während Silka ihn im Arm hielt und
seinen Kopf umklammert hatte. Danach war ich
bei Düddel erst einmal wieder untendurch. Er
nahm zwar jede Bestechung an, zeigte mir aber
deutlich, was er von der Aktion gehalten hatte.

Fast 2 Jahre war alles gut, dann kam der Tag, an
dem sich meine Mutter vom Bett aus bückte, um
etwas aufzuheben, und es in ihrem Rücken
krachte.

Ich begleitete sie ins Krankenhaus, und es war das
erste Mal, dass meine Mutter Angst hatte.

Ein Rückenwirbel war gebrochen, die anderen
Wirbel waren sehr porös. Sie sollte einige Tage dort
bleiben, um sie auf Schmerzmittel einzustellen.
Düddel litt, ich ließ ihn nach wie vor in die
Wohnung meiner Mutter. Er huschte in ihr Bett
und verstand nicht das es leer war. Der kleine Kerl
tat mir leid, inzwischen war er ja auch in die Jahre
gekommen. Er musste jetzt ungefähr 14 Jahre alt
sein.

Das Krankenhaus legte uns nahe, einen Platz im
Pflegeheim zu suchen. Sie konnten nichts mehr
tun, und mit meiner Mutter wäre es auch sehr
schwierig, meinte die dortige Ärztin. Sie würde jede
Behandlung ablehnen und hätte die Schwestern
beschimpft. Das konnte nicht sein, ich fragte die
Ärztin, ob sie sicher wäre das sie von meiner
Mutter sprach. Sie war nie boshaft, aber sagte
immer ihre Meinung, und das war ihr gutes Recht.
Ein wenig, schoss es mir durch den Kopf, ist sie
wie Düddel.
Als ich zu ihr ins Zimmer kam, sah sie mich an.
„Hol mich hier raus, die bringen mich mit ihren
Pillen, die ich schlucken soll, noch um."

Ihre Hausärztin schrieb ein Rezept für ein
Pflegebett aus, 2 Tage später wurde es geliefert.
Nachmittags kam meine Mutter nach Hause, an
ihrem 90.ten Geburtstag, zum Sterben, wie man
mir im Krankenhaus noch mit auf den Weg gab.
Ob ich mir das wirklich antun wolle. Das war im
September.

Düddel hielt bei ihr Wache. Wir stellten das Bett
soweit runter, das er vom Sessel aus in ihr Bett
konnte. Aber sie konnte ihr Bett nicht mehr
verlassen. Der Pflegedienst kam nun zweimal am
Tag.

Im November hatte sie keine Lust mehr, wie sie es
nannte. Sie hatte das Gefühl, nur noch eine
Belastung zu sein. Sie hatte kein Zeitgefühl mehr,
manchmal rief sie mehrmals in der Nacht nach mir
und fragte, warum es so dunkel wäre. Düddel war
inzwischen nur noch tagsüber bei ihr, aber wir
mussten ihm bald das Bett untersagen, weil meine
Mutter übersät war mit blauen Flecken, die seine
Pfoten bei ihr hinterließen.

Immer öfter wollte sie kein Frühstück haben, und
ich glaubte, sie ließ sich nur Düddels wegen zu
einigen Happen überreden. Nach wie vor, teilte sie
ihr Essen mit ihm. Und das war gut so, auf einmal
war es gut so.

Am Morgen vor Heiligabend sagte meine Mutter zu
mir: „Dein Kater hat die ganze Nacht bei mir
geschlafen." Ich nickte nur und wusste Bescheid.
Mein Kater war ein paar Wochen vorher gestorben.
In der Weihnachtsnacht ist sie dann von uns
gegangen.
Düddel konnte sich von ihr verabschieden, aber so
ganz verstanden hatte er es nicht, dass sie diesmal
nicht mehr wiederkommen sollte.

Düddel wird sicherlich bald hinterhergehen,
dachten wir. Ohne sein Frauchen und in seinem
Alter....

Er bestand darauf in den nächsten Wochen in ihre
Wohnung zu gehen und lag oft stundenlang auf
dem Sessel und schlief. Das änderte sich erst, als
wir die Wohnung im Frühjahr ausräumten. Ich
nahm ihn einige Male noch mit in die fast leere
Wohnung, aber er kam auch gleich wieder mit mir
raus. Er hatte wohl endlich verstanden.

Nach dem Tod meiner Mutter war Düddel zwar bei
mir, aber doch nicht wirklich mein Hund. Ich kann
nicht einmal sagen, woran es lag, er war bei mir,
aber irgendwie auch nicht. Er blieb eigenständig,
wie meine Mutter. Er setzte seinen Willen durch,
egal wie. Und er ließ sich niemals zu etwas
überreden, was er nicht selbst wollte. Vielleicht,
dachte ich so manches Mal, war die Beziehung
deshalb so innig zwischen meiner Mutter und ihm,
weil sie sich so sehr ähnlich waren.

Im Sommer ließ ich die Jungstuten in die
Reitbahn. Ich dachte, Düddel sei im Haus. Er war
den Pferden gegenüber etwas naiv und ich hatte
ständig Sorge, dass er unter ihre Hufe kommen
würde. So flink wie früher war er nicht mehr, und
sein Knurren beeindruckte die Pferde herzlich
wenig.
Plötzlich war Düddel aber doch auf dem Platz; wie
er so schnell dort hinkam, war mir schleierhaft. In
dem Moment, in dem ich nach ihm rief, hatte auch
schon eine der Stuten den Hund unter sich
begraben. Düddel lag auf dem Rücken und schrie
entsetzlich. Im gleichen Moment waren meine

Schwester und ich auf dem Platz und über
Düddel. Er strampelte und schrie noch immer und
wir hatten Angst, er würde uns wegsterben. Ich
holte eine Satteldecke aus dem Stall, wir rollten
ihn vorsichtig darauf und eilten ins Haus. Düddel
hatte aufgehört zu schreien und zitterte nun am
ganzen Körper. Während Silka beruhigend auf ihn
einredete, holte ich Arnica und Rescue Tropfen aus
dem Schrank. Ein Glück, dass ich alles im Haus
hatte. Wir wollten ihn soweit stabilisieren, dass wir
ihn zum Tierarzt bringen konnten. Während meine
Schwester ihm die Globuli ins Maul steckte, rieb
ich seinen Körper mit Rescue Tropfen ein. Dann
im Wechsel alle 5 Minuten, Rescue und Arnica.
Nach 20 Minuten knurrte Düddel mich an, stand
auf und schüttelte sich. Uns fiel ein Stein vom
Herzen und ich merkte das erste Mal, wie sehr ich
doch an diesem kleinen Hund hing.

Allerdings war es wohl eine einseitige Liebe, denn
Düddel änderte sich mir gegenüber nicht. Nach
wie vor durfte ich ihn nicht auf den Arm nehmen,
und sobald ich es wagte, eine Bürste in seine Nähe
zu bringen, wurde er zum Raubtier.

Auch meine Bernhardinerhündin Hera hatte er fest
im Griff. Er liebte es, sich auf ihrem Schwanz
einzurollen, um zu schlafen. Bewegen durfte sie
sich dann nicht. Oft schielte sie hilflos zu mir
rüber. Sobald sie nur eine ihrer Pfoten bewegte,
grollte es aus ihrem Schwanz heraus. Düddel
nötigte sie zum Stillliegen, bis er ausgeschlafen
hatte. „Warum beißt du ihm nicht einfach den

Kopf ab, wenn er so blöd zu dir ist", sagte ich oft
scherzhaft zu ihr. Sie hätte ihm niemals auch nur
ein Haar gekrümmt.

Düddel wurde älter, sein Augenlicht schlechter,
und sein Gehör ließ nach. Wenn ich jetzt nach ihm
rief, kam selten eine Reaktion. Wenn er ins Haus
musste, ging ich dazu über, auf dem Weg zu
trampeln und so die Pferdehufe zu imitieren. Nach
seinem Unfall mit der Jungstute hatte er Respekt
vor den Pferden und lief freiwillig rein, wenn er sie
kommen hörte. Er hatte schnell verstanden, was
ich von ihm wollte. So brauchte ich nur kurz
trampeln, wenn ich die Pferde in den Stall holen
musste und Düddel brachte sich in Sicherheit.

Er war fast 16 Jahre, als er einen Schlaganfall
hatte. Ich fand ihn morgens in seinem Körbchen
vor. Die Zunge hing ihm seitlich heraus und er
konnte nicht aufstehen. Ich trug ihn vorsichtig
nach draußen, damit er pieschen konnte. Er ließ
es ohne Knurren geschehen. Ich brachte ihn
danach gleich wieder rein, er drehte sich nur im
Kreis und war völlig orientierungslos. Ich setzte
mich zu ihm, wollte ihn trösten. „Düddel, ich rufe
gleich den Tierarzt an, damit er dich erlöst." Mir
rannen die Tränen. Düddel antwortete mit einem
bösen Knurren und versuchte, nach meiner Hand
zu schnappen.
Aber ich hatte das Gefühl dass es nicht gegen
mich, sondern gegen mein Vorhaben gerichtet war.
"Ok, du alter Dickschädel, ich gebe dir drei Tage,
hörst du, drei Tage. Wenn es dann nicht besser ist,

musst du gehen." Ich gab ihm homöopathische
Mittel, die er auch nahm. Sein Futter gab ich ihm
aus der Hand, weil seine Zunge nicht gehorchen
wollte. Ich trug ihn rein und raus, sorgte dafür,
dass er dunkel und ruhig lag.

Am nächsten Tag versuchte er allein nach draußen
zu gehen, in kreisenden Bewegungen schaffte er es
bis vor die Tür und wieder rein. Sein Futter gab
ich ihm wieder aus der Hand. Am dritten Tag
wurden seine Kreise nach draußen schon größer.
Als ich ihm sein Futter wieder aus der Hand geben
wollte, knurrte er mich wieder an und bestand
darauf, allein zu fressen. Ich hatte ihm drei Tage
gegeben und er hatte mir gezeigt, dass er es
schafft. „Du bist ein zäher alter Pole, und sicher
ein ganz besonderer Hund", sagte ich ihm und
hätte ihn gerne mal geknuddelt.

Drei Wochen später war von seinem Schlaganfall
kaum noch etwas zu merken.

Dieser alte zähe Pole, wie wir ihn öfter im Scherz
nannten, hatte einen unglaublichen Lebenswillen,
der mich immer mehr beeindruckte.

Einige Wochen später bekam meine
Bernhardinerhündin plötzlich einen
Darmverschluss. Sie war 12 Jahre alt, und ich ließ
sie gehen. Meine andere Hündin musste ich schon
gehen lassen, als meine Mutter noch lebte. Düddel
und ich waren nun allein.

Dass meine Hera noch vor Düddel gehen würde,
hätte ich nie gedacht. Düddel hatte sich, nun, da
er fast blind war, immer an Hera orientiert. Er

hielt sich immer nah bei ihrem Schwanz auf und
ließ sich so von ihr führen. Das fehlte ihm jetzt.

Ein neuer Hund kam für mich nicht infrage. Ich
wollte auch Düddel in seinem Alter keinen jungen
Hund zumuten. Und einen älteren? Später
vielleicht.

Dann lief mir doch eine kleine schwarze Hündin
über den Weg und ich wusste im selben
Augenblick: Das ist mein Hund. Sie war ein halbes
Jahr alt und sehr sozial. Sie respektierte den alten
Düddel, der auf einmal in einen Jungbrunnen
gefallen zu sein schien. Jedenfalls versuchte er
sogar, mit ihr zu spielen. Wenn meine Darja, wie
ich sie nannte, ihn zu sehr ärgerte, knurrte er sie
an, und sie schleckte ihm sogleich über die Nase.
Das schien ihm zu gefallen. Er hatte sie im Griff.
Und er hatte wieder jemanden, an dem er sich
orientieren konnte.
Mit den beiden klappte es besser, als ich es je
vermutet hätte, und Düddel schien es wirklich gut
zu tun.

Es war Anfang des Jahres, als ich das Gefühl
hatte, dass meine Mutter bei mir im Haus wäre.
Das war eigenartig, denn dieses Gefühl hatte ich
seit ihrem Tod vor 3 Jahren noch nie gehabt. Ich
schrieb Silka eine Nachricht auf ihr Handy:
„Scheiße, Mutti ist hier, ich fürchte, sie will
Düddel abholen. „Geht es ihm denn schlecht?",
fragte sie zurück. „Nein, eigentlich nicht, alles wie
sonst auch". Er verhielt sich völlig normal, aber

warum sollte meine Mutter sonst hier sein? Silka
kam am Abend nach der Arbeit vorbei, zur
Sicherheit. Sie wollte sich von Düddel
verabschieden, falls er gehen würde.

Am nächsten Abend war Düddel verschwunden. Er
war mit mir und Darja abends im Stall, als ich die
Pferde fütterte. Er kläffte noch auf dem Hof, weil er
meinte, an der Straße etwas gesehen zu haben. Als
ich fertig war und ins Haus wollte, war er plötzlich
weg. Darja lief sofort ins Haus und verkrümelte
sich in ihrem Korb, ich suchte und rief nach
Düddel. Es war eigentlich Blödsinn, nach ihm zu
rufen, er konnte ja eh kaum noch hören, ich rief
trotzdem. Mit der Taschenlampe suchte ich den
ganzen Hof ab, vielleicht hatte er wieder einen
Schlaganfall, schoss es mir durch den Kopf. Dann
war ich an der Straße, er war eigentlich nie dort,
aber wer weiß. Ich rief wieder nach ihm und hörte
wenig später ein gequältes Jaulen. Es ging mir
durch Mark und Bein, und mein erster Gedanke
war, er ist unter ein Auto gekommen und liegt auf
der Straße.
Dann setzte etwas in meinem Gehirn aus und ich
rannte wie ferngesteuert nicht auf die Straße,
sondern wieder hoch zum Hof. Weiter zum
Reitplatz und von dort aus durch den Zaun auf
das Grundstück von unserem Nachbarn. Hinter
seinem Haus hatte er einen großen Gartenteich
und dort blieb ich stehen, und sah im Licht der
Taschenlampe Düddel, der bis zum Hals im
Wasser steckte und sich mit letzter Kraft an den
Steinen festklammerte. Keine Ahnung wie lange er

dort schon drinnen war, aber wäre ich nur wenige
Minuten später gekommen, wäre er ertrunken.

Als ich mit ihm aus dem Teich krabbelte, war er
steifgefroren, Seine Pfoten krallten noch immer, als
ich ihn ins warme Haus brachte und ihn vorsichtig
trocknete. Ich wickelte ihn in warme Handtücher
und er ließ es bereitwillig geschehen. Dann bekam
er wieder Rescue Tropfen und Reiki. Ich hatte
mich vor einigen Jahren in Energieheilung
ausbilden lassen, und in solchen Momenten bin
ich unendlich dankbar dafür.

Düddel schlief in der Nacht tief und fest, und ich
dankte meiner Mutter, dass sie mir den Weg
gezeigt hatte. Sie war nicht bei mir, um ihn
abzuholen, sie war gekommen um ihn zu retten.
Düddel....ihren Hund.

Am nächsten Morgen war er etwas verschnupft,
aber mit einigen homöopathischen Kügelchen, war
er mittags wieder ganz der Alte.

Mit der Zeit begann Düddel unsauber zu werden.
Es begann damit, dass er eines Tages seinen
Futternapf anpinkelte nachdem er aufgefressen
hatte. Die Tür zur Terrasse stand im Sommer
immer offen, er konnte also raus. Das tat er
auch......danach. Jetzt wird er dement, dachte ich
mir, und "übersah" es einfach. Düddel machte es
sich von nun an zur Gewohnheit, ins Haus zu
pinkeln. Obwohl er immer nach draußen konnte
und auch ging, pinkelte er ins Haus. Manchmal
stand er auch nur in der Tür, steckte die Nase
raus und pinkelte direkt in den Eingang. Einmal

schickte ich ihn raus, weil ich langsam genervt
war, Düddel stand vor der Tür und wollte wieder
rein. Ich hatte die Tür hinter ihm geschlossen. Er
kratzte an der Tür und es tat mir leid, immerhin
konnte er ja nichts dafür. Er ist halt dement,
schalt ich mich selbst und ließ ihn wieder rein.
Düddel ging an mir vorbei, direkt ins Badezimmer,
stellte sich vor die Toilette und machte dort einen
großen See. Dann ging er in sein Körbchen und
legte sich schlafen.

An manchen Tagen platzte mir doch der Kragen
und ich schimpfte mit ihm und setzte ihn etwas
unsanft vor die Tür. Ich sperrte ihn einige Minuten
aus, es war Sommer, und auch wenn es regnete,
es war in meinen Augen kein Grund, ins Haus zu
pinkeln.
Manchmal kraulte ich ihn, soweit er es zuließ, und
das war nie lange, und lobte ihn, wenn er mal
einen oder zwei Tage nicht ins Haus gepinkelt
hatte. Das war meist nachdem er Schimpfe
bekommen hatte. Es dauerte danach keine
Stunde......
War er wirklich dement oder war es nur eine
Entschuldigung von mir für sein Verhalten?

Einmal saß ich an seinem Körbchen und frischte
seine Decke auf. „Am Wochenende muss ich sie
dringend wieder waschen, Düddel." Das hätte ich
ihm lieber nicht sagen sollen........Ich hatte keine
Zeit am Wochenende, wollte es auf Montag
verschieben. Am Sonntagnachmittag stellte Düddel

sich in seinen Korb und machte einen großen See
direkt hinein.....
Dieser Hund verstand alles, er konnte meine
Gedanken lesen, da war ich mir ganz sicher, und
er nutzte es aus. Er wusste genau, dass ich ihn für
eine große und starke Persönlichkeit hielt und ihm
niemals etwas tun würde. Ich respektierte ihn, so
wie er war. Ich hatte gelernt.

Eines Morgens kam Darja allein zurück ins Haus.
Ich ließ die Hunde morgens, wenn ich aufstand,
immer gleich raus. Sie kamen dann wenig später
zusammen wieder rein. Düddel hatte, trotz seiner
Erblindung, auf dem Hof eine gute Orientierung.
Manchmal rannte er wie ein junger Hund los,
immer neben Darja, die ihm den Weg zeigte. Und
wenn er sie verlor oder im Stall die Boxen
inspizierte, fand er seine Spur zurück ins Haus.
An diesem Morgen war etwas schiefgegangen.
Darja verkroch sich in ihrem Korb und an ihrem
Blick konnte ich sehen, dass etwas passiert war.
Ich lief raus, suchte den Hof ab, suchte an der
Straße, fragte alle Leute die ich sah, fuhr mit dem
Auto die Straßen ab, suchte im Wald, der an unser
Grundstück grenzte,..... nichts. Der Hund war
spurlos verschwunden. Ich war in Panik, machte
mir Vorwürfe, weil ich nicht besser auf ihn
aufgepasst hatte. Was, wenn er nun
orientierungslos umherirrte? Er konnte nicht weit
gekommen sein, die Hunde waren vielleicht 5
Minuten draußen gewesen. Und trotzdem hatte

ihn niemand gesehen und Düddel war
verschwunden.

Ich ging ins Haus, setzte mich hin, um ihm Reiki
zu schicken. Das würde ihn und auch mich
beruhigen. Ich hatte 2 Stunden nach ihm gesucht
und war völlig neben der Spur. Während ich ihm
Reiki schickte, bat ich meine Mutter um Hilfe. Das
Düddel so aus meinem Leben verschwand, durfte
nicht sein.

Ein paar Minuten später schlug ich das
Telefonbuch auf und wählte die Nummer vom
zuständigen Tierheim.
„Hallo, ist heute früh ein kleiner Hund bei ihnen
abgegeben worden?" „Ja, wir haben einen
Fundhund heute morgen um kurz nach acht
bekommen", antwortete die Dame am anderen
Ende und ich heulte los. „Das ist meiner", heulte
ich ins Telefon, ich sagte wirklich „meiner" und
nicht der von meiner Mutter, wie sonst immer.
„Das können sie doch noch gar nicht wissen,"
meinte die Dame. Sie selbst hatte ihn auch noch
gar nicht gesehen. Ich heulte weiter, dass es
meiner wäre, ob der Fundhund denn aus Esprehm
käme. Sie meinte ja, und ich knallte den Hörer
auf, eilte, so wie ich war in meinen Stallklamotten
zum Auto und fuhr los. Zum Tierheim waren es 20
Minuten, Zeit genug, um mir immer wieder zu
sagen das ich eine blöde Kuh wäre und endlich mit
der Heulerei aufhören solle.

„Können sie den Hund denn überhaupt
anfassen?", fragte mich die Tierheimleitung. Die
Dame, die den Hund auf der Straße laufen sah,
wollte ihn hochnehmen, da hätte er nach ihr
gebissen. Sie hat dann eine Decke aus ihrem Auto
geholt und über ihn geworfen, erzählte sie. Als sie
ihn im Tierheim aus der Decke wickelten, hätte er
fast die Pflegerin gebissen. Sie musste ihn mit der
Hundeschlinge ins Hundehaus bringen. Ich
entschuldigte Düddel, erklärte, das er schon 17
Jahre alt sei, und taub und blind und ganz sicher
Panik hatte.

Als ich an seiner Box ankam, lag er ganz
entspannt auf seiner Decke. Er hatte wohl auf
mich gewartet.
Ich sprach ihn an „Düddel, ich bin es", kniete mich
zu ihm und hielt ihm meine Hand hin. Und
Düddel leckte meine Hand, das erste Mal in
unserem gemeinsamen Leben, leckte Düddel mir
die Hand. Und ich heulte wieder. Ich nahm Düddel
auf den Arm, er legte seinen Kopf an meinen Hals
und ich küsste ihn auf den Kopf. „Lass uns nach
Hause fahren, Düddel."

Während der Fahrt nach Hause streichelte ich ihn
immer wieder, um ihn zu beruhigen. Zuhause
bekommt er gleich Rescue Tropfen, dachte ich.
Ich trug ihn ins Haus, und als ich ihn in der
Küche absetzte, schnappte Düddel
nach meiner Hand und knurrte mich an. Dann
ging er wie selbstverständlich zu seinem
Futternapf. Es war inzwischen fast Mittag und

seine Futterzeit war längst um. Ich holte also sein Hundefutter und gab ihm seine Portion, er war wieder da.

Nach wie vor pinkelte er ins Haus, manchmal setzte er auch einen Haufen direkt vor die Badezimmertür. Ich machte es schweigend weg. Alles andere hatte eh keinen Sinn. Würde ich es auch machen, wenn Düddel größer wäre und die Seen und Haufen entsprechend auch? Ich weiß es nicht.

Eines Abends setze ich mich nach getaner Arbeit vor die Terrasse auf meine Bank. Der Sommer war verregnet, und es war einer der wenigen schönen Abende. Zu schade, um ins Haus zu gehen. Ich schenkte mir ein Glas Rotwein ein und setzte mich nach draußen. Die Vögel zwitscherten in den Bäumen, und die Pferde standen friedlich um ihr Heu und kauten vor sich hin. Ich liebte diese friedlichen Abende. Nach einer Weile kam Düddel vor die Tür. Ich sprach ihn an, ob er auch noch die Abendsonne genießen wolle. Er bleib kurz neben mir stehen, dann drehte er sich zu mir und stellte sich direkt über meine Füße.

Langsam zog ich meine Füße unter ihm heraus. Kurz darauf ging er wieder rein, und ich schaute auf den See, der dort entstanden war, wo gerade noch meine Füße standen. Ich musste an meine Mutter denken, die unseren Opa nach dem Tod von Oma zu sich genommen hatte. Er war damals Mitte 80, hatte seine Goldene Hochzeit noch

gefeiert und stand nach dem plötzlichen Tod seiner
Frau allein da. Meine Mutter meinte es damals
gut, war aber bald mit ihren Nerven am Ende.
Mein Opa fand sich in der neuen Umgebung nicht
zurecht, dachten wir. Und sicher war er auch
dement. Er pinkelte damals überall hin, in die
Badewanne, in den Wäschekorb, auf den Flur.
Sein Mittagessen kippte er in die Toilette, weil er
meinte, meine Mutter würde ihn vergiften wollen.
Im Garten trat er ihre Blumen kaputt, und eines
Tages war er verschwunden. Die Polizei brachte
ihn abends zurück. Sie hatten ihn am Hafen
aufgegriffen, bei gewissen Damen, und er war
ziemlich betrunken. Irgendwie war er aber vorher
noch bei seiner Bank gewesen und hatte alles Geld
von seinem Konto geholt. Meine Mutter gab ihn
daraufhin in ein Heim. Es war zuviel für sie. Als
ich ihn dort besuchte, machte er auf mich
überhaupt keinen dementen Eindruck. Wir
tranken Kaffee zusammen und unterhielten uns
völlig normal, so wie immer. Eine Wochen später
verstarb er.
Ich konnte meine Mutter damals nicht verstehen
und fand sie herzlos. Heute frage ich mich, ob
unser Opa wirklich dement gewesen war. Und
Düddel? Ich war mir da nicht mehr so sicher....

Mein Freund meinte vor einiger Zeit der alte Hund
hätte keine Aufgabe mehr, ich solle ihn
einschläfern lassen. Er wäre blind, taub und
dement, es sei kein Leben für einen Hund.
„Weißt du, wenn du einmal so alt bist, habe ich
mit dir auch so viel Geduld, weil ich bei dem alten

Hund übe", habe ich ihm damals geantwortet. Ihm
zu erklären, was für eine Aufgabe Düddel hätte,
wäre müßig.

Düddel ist viel mehr als nur "mein" Hund oder der
Hund meiner Mutter. Abgesehen davon, dass er
noch immer ein Teil meiner Mutter ist, ist dieser
kleine Hund auch der beste Lehrmeister, den man
sich wünschen kann. Er lehrt mich Respekt vor
dem Alter und auch vor dem Anderssein. Den
anderen so zu nehmen wie er ist, ihn nicht ändern
oder verbiegen zu wollen. Er lehrt mich Geduld zu
haben, Mitgefühl und Gleichmut. Er lehrt mich
mit dem Herzen zu sehen, Demut vor dem Alter zu
haben und die bedingungslose Liebe. Ja, ich liebe
diesen kleinen Kerl, der mich anknurrt, wenn ich
ihn streicheln will, der nach der Bürste beißt, weil
ich meine er wäre zu zottelig, der mir ins Haus
pinkelt, weil es draußen regnet und der mir die
Hand leckt, wenn ich ihn wieder nach Hause hole.
Der alte Hund hat eine große Aufgabe, man muss
sie nur sehen und annehmen wollen.

Nachtrag:

Viel Zeit ist vergangen, seit ich diese Zeilen schrieb. Wir haben in vier Wochen wieder Weihnachten, Düddel wäre inzwischen fast 19 Jahre alt.

Im Frühjahr hatte er seinen eigenen kleinen umzäunten Garten bekommen, damit er für sich einen sicheren Auslauf hatte. So konnte er den letzten Sommer sicher rein und raus, ganz wie er wollte.

Vor wenigen Tagen habe ich den schweren Entschluss gefasst Düddel zu "erlösen" Seine Beine wollten ihn nicht mehr recht tragen und das Fressen fiel ihm schwer. Er war innerhalb kurzer Zeit sehr abgemagert. Das Wasser konnte er schon länger nicht mehr halten, aber mit Wickelauflagen in seinem Körbchen ging es. Nun, da er kaum noch alleine aufstehen konnte, wurde es zum Problem. Düddel versuchte ständig dagegen anzukämpfen, aber seine alten Knochen wollten ihm nicht mehr gehorchen. Das alles hatte ich schon einmal erlebt........ damals mit meiner Mutter.

Es war würdelos, und ich hoffte, dass Düddel einfach einschlafen würde, aber er hatte ein starkes Herz. Er war meiner Mutter so ähnlich, selbst jetzt noch.

Als der Tierarzt am Abend kam, schlief Düddel tief und fest. Ich hatte Kerzen angezündet und eine Duftlampe mit Lavendelöl befüllt. Am Nachmittag waren wir noch im Stall gewesen, ich hatte ihn dort ins Stroh gesetzt und er steckte seine Nase so wie früher in den Pferdemist.

Als er die Narkose bekam, blinzelte er kurz auf und schlief gleich wieder ein. Er ging ganz ruhig und friedlich von uns,... Düddel, der Hund meiner Mutter.

*In liebevoller Erinnerung an Düddel,
den Hund meiner Mutter*